JN058661

天使と爆弾

桑島良夫

天使と爆弾　目次

【掌編小説】

【短編小説】

掌編小説

茶髪でなければ女じゃない

看護婦Ｓは涙を流した。
泣きながら訴えた。
四方八方、相手かまわず哀訴した。
いやだったのだ。
Ｍ病棟へと異動になるのが嫌だったのだ。
頭のなかは不平不満ではちきれそうだった。
病院理事長には冷たく跳ね返されたし、
先輩看護婦連には逆に脅された。
「Ｍ病棟へ行ってください」って。
他人事みたいに・・(確かに他人事だわね)

でもいいわ、と、一晩泣き明かした看護婦Ｓは考え直した。
私は茶髪。
カールを加えたお洒落な茶髪。

これって私の武器なのよ。
武器を抱えてＭ病棟に乗り込んでやるわ。
茶髪でなければ戦えないわよね。

天使と爆弾

「私は天使、白衣の天使・・」

聖子は更衣室で呟いてみた。

辺りには誰の姿も見当たらない。

遅刻したから、これは当然のことだったのだが、聖子には時間感覚が欠落していたから、それはどうでもよいことだった。地上に存在するものが自分一人だとの錯覚が、聖子を陶然とさせていた。

聖子はハミングした、「私は天使、白衣の天使、ナイチンゲールの成れの果て・・」


聖子の勤務するM病棟のスタッフは苛立っていた。

聖子は一応、M病棟の責任者だったのだ。

この人事は、世紀のミスキャスト、と病院中でうわさされたものである。


「また遅刻かよ」

「私たちに仕事を押し付けて・・」

「入念にお化粧しているのじゃない」

「そんな柄ですか？」


しかし、聖子は恐れなかった。

反省しなかった。

微笑みながら、M病棟に姿を現す。

「さあ、みんな仕事よ！」


号令をかけながら、聖子は考えた。

みんな、私の指示に従わなければだめよ。

だって私には【美しさ】という爆弾があるのだから、ふふふ、怖いだろう？


【付記】

「自分で爆発して粉々になってくれよ」

「賛成」

「異議なし」

淑女のごとく、しとやかに

「この小説のタイトルって、私達への皮肉かしら?」、と看護婦A
「そうかしら」、とB
「だって私達、しとやかさからは程遠いわよ」

「私達?」

「そう、この病棟の看護婦全員のことを言っているの」

「でも私は別よ」、とBは続ける。

「良家に生まれ、良家で育ち、いつもいつもお嬢様扱いだったわ」

「あんたが?」、とAは反論する。

「パチンコ依存、ニコチン中毒、遅刻常習のくせして・・、どこがお嬢様なの」

「私はね、ある日あるとき飛んだのよ」

「飛んだ?」

「そう、お嬢様からの脱却を試みたのよ」、Bは続ける。

「ところがね、着地したのがこの病棟だったわけ、不幸だね」

「で、しとやかさはどうなったというの」

「それが、置き忘れてきちゃったのよ、どこかに」

看護婦長Tの華麗な裏切り

私は裏切られた。

看護婦長Tに、鮮やかに裏切られたのだ。

ランチを奢りますよ、あはは、あはは、という彼女の陽気な言葉に、私は詐欺的に裏切られていたのだ。

私の度重なる催促に対しても、彼女は笑ってこう答えるのみだ。

「夜勤がねえ・・」


事態を重く受け止めた私は、試みに、彼女の配偶者をつかまえて、事件のあらましについてを訴えてみたりもしたのだ。

しかし、ここに至っても彼女は微動だにしない。

あはははあははと笑いながら、話題を巧みにそらしてゆく。

芸術的な詐欺・裏切りであった。


後日私は真相を知ることになる。

給料日ははるかに遠く、
彼女の財布には十円玉が3枚しか入っていないのだ、ということを。

降格

ある日突然、看護部課長Mが、係長に降格させられた。
悲劇である。
この事実は速やかに病院内に広まったし、職員の間で様々な憶測を呼んだ。
(パチンコ依存のせいじゃないかしら)
(いいや、夫婦仲がこじれているからじゃないのか)
(生意気だからだよ)
(俺もそう思う)
(でも、なにか裏取引があるのじゃないか)
(どんな?)
(しばらく係長で我慢すれば、いずれ部長にしてやる、とか)
(あいつが部長?)
(俺的には耐えられないシチュエーションだな)

Mが登場する。

数々の憶測の渦中、周囲の雑音をものともせず、Mは深々と頭を下げてこう述べたと伝えられる。

「私が至らなかったせいです、それだけの・・(涙)」

(至らなかった？　それ本当かよ)

(でも、そういえば至らなかったな、それは事実だ)

(じゃあ、何が至らなかったって言うのだ)

結末の選択肢

ａ (それは、男に生まれてこなかったっていうことだよ)

ｂ (それは体重が規定に達していなかったということだよ)

ｃ (それは身長が規定に達していなかったということだよ)

マッチ売りの少女

彼女は猫羽精神科病院の売店に座り込んで、客の来訪を待っていた。

彼女は「マッチ売りの少女」になりたかったのだ。

時代はすでにマッチを超えて百円ライターの全盛である。

しかし彼女は雪の中、哀れにもマッチの炎で暖をとる、か弱い少女でありたかったのだ。

だから売店のライターはすべて放棄された。


がやがやがや・・、と看護婦連中が買い物に来る。

「このサンドイッチとおにぎり頂戴」

不機嫌だった彼女は、冷たく応える。

「全部売り切れ」「欲しかったら、徒歩10分のスーパーへ行っておくれ」


このような態度は、当然担当課長の叱責を受けることとなる。

罰として、彼女は、寒風吹きすさぶ冬の戸外で立ちんぼすることになった。

マッチ箱一個抱えた彼女は寒さに耐えていたのだ。

そこへ医師Ｋが通りかかった。

医師Ｋはやや頭がおかしい。

その医師Ｋは、素早く少女の抱くマッチ箱に目をとめたのだ。

「そのバレンタイン・チョコレート、僕にくれるつもりなのでしょう？」

シンデレラ物語（マッチ売りの少女・パート2）

マッチ売りの少女は自己中心的に生きてきた。
そして自己中心的に生きている。
マッチ売りにとどまるなどというのは、彼女にとってとても不満なことだった。
もっと建設的な生き方があるのではないか、と、いつも考えてきたのだ。
そんな時・・・

絵本の世界には「シンデレラ」もあるわよ、と、彼女の勤務する病院売店のお客さんが教えてくれた。
その時から、彼女の転落が始まったのだ。

シンデレラ！、そうマッチ箱を捨ててシンデレラになろう！

靴よね、靴。シンデレラには適正な大きさの靴が必要。
そう考えて、彼女は使い古したスニーカーを脱ぎ捨てた。

意地悪なお姉さんたちは、さっきこのお話から追放したし・・・
あとはお城の階段の下で、哀れっぽくしていればいい。
深夜12時になれば、私はオートマチックにお姫様になれる・・・、そう考えていたら、
うたた寝していた彼女は母親にゆり起こされたのだ。

ゆうちゃんの獲物

ゆうちゃんはその「本」が欲しくてたまらなかった。

「本」といっても、下らない短編小説集である。

書いたのは同じ病棟に勤務する医師Kであるが、このKは少し頭がおかしい。

おかしな頭が紡ぎだした小説集がまともだろうか？

しかし、とゆうちゃんは考える。

後輩のカタオカ君は読みながら笑い転げるし、宿敵のあかねちゃんは作中光り輝いているらしい。

どうすればその「本」が手に入るのか。


色仕掛け？　・・・残念ながら、私は色気に欠ける。

暴力？　・・・腕力には自信がない。

盗み？　・・・お巡りさんのお世話になるのはいやよ。


どうすれば獲物である「本」が手に入るのよ！

そもそも、と、ゆうちゃんは考えてみた。
私はＫに好かれているのか？、嫌われているのか？、どうでもよいのか？
そりゃ私はガサツだよ。
でも、そのガサツさがいいよって言ってくれた男性もいる。
・・・・・・
さて、どうしよう？
丸一日、色々と方策を考えて、考え疲れて、もうどうでもいいから
素直に「ください」って言ったら、
くれちゃった。

ところで私は登場人物なの？
光り輝いているの？
あかねには負けられないわよ！

お急ぎ

その時僕は急いでいたのだ。

急いで飲み、急いで食べなければならなかった。

助け人（俗にいうヘルパー）が自宅を訪れる前に、僕は帰宅しておかねばならないからだ。

玄関前に待ちぼうけをさせたら、助け人はどんな皮肉を僕に浴びせてくるだろう。

想像しただけで鳥肌が立ってくる。

だから僕は、時計の針を睨みながら、水割りの芋焼酎を飲んだのだ。

飲みながら、料理を注文する。

今日はカキフライと白米と漬物で早く済まそうと考えた。

白米は小ライスと中ライスの中間で、と注文すると、
居酒屋の娘が「またかよ」とつぶやきながら苦笑した。
・・・・・・・・・・
暗闇の中、僕の乗ったウィル号は自宅へと向かって疾走した。

帰宅である。

夜の底は漆黒だった。

ちなみにウィル号とは電動車椅子である。

道路交通法上、ウィル号は歩行者とされているから、僕のこの疾走は飲酒運転ではない。

細い道路を疎らに走り寄る自動車たちは、ウィル号とのすれ違いざま、決まって速度を落とす、あるいは停車する。

ウィル号との接触を恐れているのだろう。

それはそうだ、と考えながら、僕の疾走は自宅へと至った。

予定の時刻に自宅に戻った僕は、安堵し、少し冷静になった。

冷静になって物事を考えてみたのだ。

挙句、「今日は祝日だ」、ということに思い至ったのである。


助け人はやってこない日だったのだ。

純情看護婦ストーリー

「これからは、看護職員を、看護師と呼んではいけません」

事務長のクールな声が、職員の間に響き渡った。

「看護婦ちゃんと呼ぶように・・」、と、彼は続ける。

これで通達は終了し、彼は足早に職員食堂から姿を消してしまう。

「男性看護師はどうするんだ?」、ざわざわと男たちが不満の声を漏らす。

ここは私の出番だわ、と、看護部長が立ち上がり、

「適当でいいのよ」、と、ざわめきを鎮めにかかる。

しかし、

「適当?」

「俺たち適当な存在なのかよ?」、と、男性看護師が暴れだす。

腕力に自信のない看護部長は得意の逃げを打つ・・「さよなら」

「さよならじゃないだろ、こんにちはだろ」、賢明な一人の男性看護師が看護部長の行く手を阻み、問題の本質について問い質す。

「要するに、事務長としては、ナース（これは女性型）がかわいいのよ」

「じゃあ、俺たちは？」

「無精ひげはねえ、ちょっとねえ」

マスク美女の群れ

息が詰まりそうだ。
毎日毎日息が詰まりそうだ。
美しさの群れが、私を窒息寸前まで追い込むのだ。
職場において私がどの方向に視線を向けても、美女ばかりではないか。
白いマスクに顔を埋めた彼女たち。
美女の群れのなか、私は息が詰まりそうだったのだ。
美女が嫌いな訳ではない、いや私は美女を好む。
しかしものには限度がある。許容範囲というものもある。
過剰な美しさの爆発は、かえって私を苦しめるのだ。

この美しさは、すべて、現在猛威を振っている新型インフルエンザウイルスに責任が帰される。
ウイルス感染を防ぐため、
彼女たちはマスクの着用を義務づけられているのだ。

美しい瞳と半分だけのぞいた鼻梁。
その群れ。
マスク美女たち。
彼女たちがマスクから解放される日を、しかし私は逆説的に恐れている。
真実は語れない。
Truth unspeakable（本当のことを言おうか）

アルファ　モデル　オブ　ベントウ

一言で「弁当」といっても、その本体は様々です。

最初に取り上げられるべきは、家庭でつくられ、職場で花を開かせる弁当でありましょう。これはしばしば愛妻弁当などとも呼ばれることがあります。

しかして彼は本当に妻を愛しているのか？　、こういう疑問を投げかけてくることもあるところから、根拠の希薄な弁当であると結論させていただきます。

次に取り上げたいのは、街で容易に手に入れることができる、あのコンビニ弁当です。過剰な塩分によって味を増幅させる、という欠点がありますが、多彩な食材の羅列は食欲をそそらずにはおきません。こういう観点からコンビニ弁当を評価してみると、なかなかイケてるんじゃないか、と私は考えています。

様々な弁当たちの間で、敢えて最後に私が取り上げたいのは、そう、日の丸弁当です。白米の中央に埋もれた赤い梅干し。それ以外には何もないというシンプルな美しさ。わが祖国の国旗に相似して・・・、全員起立！


その日はプレゼンテーションの日だった。

東京帝国大学医学部放射線生物学教室の、助手に採用されるために、私はスタッフの前で試されていたのだ。

緊張感をもって私はプレゼンテーションをおえた。

同時に空腹感を覚えもした。

首を傾げた教授が訪ねてくる。

「して、放射線と弁当の相関やいかに？」

私は即答した。

「そろそろお昼時なり」

日常生活におけるＢＧＭ

テレヴィのリモコンは遠い。
遠く手の届かぬところに転がっている。
ベッドで怠惰に寝そべる私からは程遠いところに、リモコンの姿が伺える。
これは何を意味するのだろうかと考えてみた。
いや、考えるまでもない。
私にはテレヴィを消すことができないのだし、チャンネルの変換も不可能なのだ。
私はただ寝そべっているしかない。
雑音を浴びて寝そべるしかないのだ。

壁に据え付けたテレヴィジョン。

受信料と称する曖昧な料金を徴収する、自称公共放送では、「のど自慢」が始まった。
【破滅だ】、とジャズを愛する私は考えた。
しかし私は暇だったのだ。

そしてその日も、いつもの日常だったのだ。

諦めた私はそのまま、「のど自慢」を鑑賞することとした。これを惰性と呼ぶ。

「音楽性が欠如している・・」、と、テレヴィ画面を見つめ、歌どもに耳を傾ける私は、はじめ心のなかで唾を吐いたのだが・・
・・・・・・・・
・・・・・・・・
テレヴィ画像のなかで飛び跳ねる素人たちの拙劣な歌声に、何故かひきつけられている自分に、ある刹那私は気が付いてしまったのだ。

どうしたことであろうか・・？

私は自問した。

そして帰ってきた答えは単純にして明解だった。

彼ら彼女らは、私よりは歌が上手かったのだ。

仏徒と称する出世主義者

松平寛通（まったいら・かんつー、と発音する）は東京帝国大学出身と自ら称していた。確かに彼の大学入学時、そこは帝国大学であったのだが、戦後の卒業時には【帝国】という呼称は消滅していたから、正確には東京大学出身なのである。しかし彼は【帝国】の呼称にこだわり続けた。このことからも、彼の性格の一端が伺える。


かんつー氏は極端な出世主義者であった。

他の研究者を押しのけ続け、晩年には放射線研究所の所長の椅子を手に入れた。あまたの教授選考には落選を続けたのだが、本人はその事実には決して触れない。

職位がこの世のすべてであり、実力を問う気は全くない。

仏徒でもある彼の精神は鮮やかに分裂していたのだ。

かんつーの心配事といえば、出来の悪い娘の将来だけだった。

だから、娘が若い医者をひっかけるのに成功したと聞いたとき、自宅本堂で祝賀のお経をあげたものである。

・・・・・・

歳月が過ぎていった。

娘と私との離別にあたって、彼は私にこう叫びかけたのだ。

君は俺のことを軽蔑しているのだろう！

外科医Oは負け犬なのか？

終業ベルは鳴らなかった。

猫羽精神科病院には、終業ベルというものが存在しなかったから、鳴らなかったのだ。

そもそも病院というものは、24時間運営されているものであるから、終業ベルというものの存在はそぐわないし、一般的ではない。

そこで、一応、外科医Oの勤務時間が終了した、というところからこのごく短い物語を始めることにしたい

前もって述べておくが、この小説は医療サスペンスである。サスペンスとして成り立っているかは覚束ないのだが。

巷に溢れる、いわゆるビジネスサスペンスではありません。

終業ベルはビジネスサスペンスにこそふさわしい。

しかし、この小説ではどこにもそれは現れない。

また、加えて述べるに、この作品は、病院組織の暗部を抉り出す、という類の社会派小説でもない。

情け容赦ない病院組織と戦闘医師の凄まじい闘争が描かれている、という訳でもない。

あえて言えば、おとぎ話である。


勤務時間が終了した。

Oは勤務時間終了後のストレッチを欠かさない。

見たところ、医局には誰の姿も見あたらない。皆すでに帰宅の途についているのだろう。


平和な病院だ、と、ストレッチをしながらOは考える。

そういえば、以前プーさん事件というのがあったな、とOは回想した。

事件の概要はこんなところだ。

３年前のことであった。

心肺蘇生のトレーニングのために、病院はスウェーデン製の人形「リンダさん」を購入した。

リンダさんは呼吸と胸部殴打を優しく受け止めてくれるし、その定量化もしてくれる便利な人形だった。

美人でもある。

ところがある時、リンダさんのマスクが剝ぎ取られ、代わりにプーさんの縫いぐるみがかぶされていたのだ。

捜索の結果分かったことは、犯行時間帯、リンダ部屋にいたのはOを含む数人だったという事実である。

次の段階として犯人は誰か?、ということになる。

病院長と副院長は、以前から好ましく思っていなかったOを犯人であると断定したのだが、その根拠は曖昧である、というか、作劇上はどうでもいい。

ともかく病院長は、翌日人事異動を断行した。

こうしてOは外科部長から平医員へと降格されたのである。

ただし、猫羽精神科病院には、外科医のポストは一つしかない。

よってOの職場環境には何の変化もなかったのだ。

その夜、Oの高笑いが病棟中に響き渡ったと伝えられる。

小説の書き方

「小説の書き方」と題する小冊子を、過日郵送にて受け取った。

売れない作家の（事実売れていないようだ）自慰的思弁の産物であろうと考え、その冊子をゴミ箱に捨て去った。

もちろん中身は読んでいない。

小説に書き方があろうとは、どうしても考えられないのだ。

型にはめるのが小説なのか？

作家それぞれに、作法というものがあるのではないか？

私の場合、右手が自然にキーボードを叩いている。

自然に物語が形成されている。


駄作と言われても、私は全く傷つかない。

なぜかって、私の書く小説は、言葉の真の意味で売れていないからだ。

猫の原理

女の子のことを好きになったら、追いかけてはだめですよ。

呼びかけるのも控えましょう。

「どんな御用でしょうか?」と、怒られます。

あんまりしつこいと、女の子は交番に駆け込むでしょう。

「たすけて、おまわりさん!」

そんなとき、やさしいおまわりさんは、手元にあった絵本を開いて、

「さあ、お逃げなさい、お嬢ちゃん、この絵本の世界のなかへ」

と、女の子をいざなうでしょう。

夢のような絵本の世界、その中で、女の子はみるみる成長していきます。

美しさとは何か?、ということを最初にまなびます。

次に、お化粧の仕方をまなびます。

最後にドレス・アップの訓練です。

絵本の王様はこう言いました。

「あなたは完ぺきな美少女です」

「この絵本の世界も、もう卒業ですね」

「卒業式には厚化粧とピンクのドレスが不可欠です、そしてあと、猫の原理・・・」

このようにして、追いかけられていた女の子は、無事交番の絵本の世界から抜け出してきました。

でも不思議ですね。

あんなにしつこく追いかけてきた男の子が、なぜか知らん顔。

気になるんですね、彼が。

こんなに美しく進化した私に目もくれない。

そこで私はふと気が付きました。

実は私も、あの男の子のことが気になっていたんだなって。
・・・猫の原理・・・
今度は私が彼のことを追いかける番なの。

空飛ぶナース

昨日僕は、空を飛ぶ看護婦さん（ナース）に出会いました。

不思議な、キュートな看護婦さんでした。


一週間前、僕はころんで左手に擦り傷を作ったのです。

お母さんがとても心配して、僕を病院に入院させました。とても小さくて古びた病院でした。

お医者さんがひとりと看護婦さんが三人。

見ていると、お医者さんはいつも昼寝をしています。

看護婦さんたちはいつもおしゃべりに夢中。

見渡すと、入院患者は僕一人。

こんな病院で大丈夫かなって、ずっと考えていました。

院長先生の回診が一日一回あります。

お医者さんは一人しかいないのに、「院長先生」ではおかしいなって、おばさん看護

婦さんに言ったら、

「しーっ、ぼうや」、としかられました。

回診の時間になると、おばさん看護婦さんのドラ声が、狭い廊下に響き渡ります、「院長先生の総回診でーす」、と。

廊下をゆっくりゆっくりと歩く院長先生の背後には、三人の看護婦さんたちが続きます。

僕はこの三人を、おばさん看護婦さん、おねえちゃん看護婦さん、ぴちぴち看護婦さんと、それぞれ呼んでいました。

さて、病室に入ってきた院長先生は、僕の擦り傷を遠くから眺めて腕を組み、ぶつぶつと部屋の外へ出ていきます。

三人の看護婦さんはおしゃべりに夢中。キャラメルをなめながら、僕に向かって「おだいじに！」。

ぴちぴち看護婦さんは、にっこり笑って「不健康だが病気ではないよ、ぼ・う・や」、そう言って手を振ってくれました。

僕は、三人の看護婦さんのうちでは、ぴちぴちちゃんが一番好きだから、にっこり笑って手を振り返しました。

救急車のサイレンは、近づくと思うとすぐに逃げて行きます。

どうして救急車はこの病院に来ないの?、って尋ねたら、またいつもの「しーっ、ぼうや」です。


僕の傷の治療は、いつもおばさん看護婦さんのやくめでした。

とにかく荒っぽいんだよね。

痛いんだよね。

ところが昨日は、おばさんは風邪でお休みでした。

おねえちゃんは娘の授業参観日。

では、残るのは・・・、と考えていたら、ぴちぴちちゃんが空から飛んで来ました。

「じゅうまん・ばりきだ・てつわんナース・・・、と歌いながら飛んで来ました。

ぴちぴちちゃんは僕の左腕の傷を横目で見て、微笑みながら、傷口に向けて右フックを一発。

魔法の右フックですっかり傷が治った僕は、おかげで今日退院です。

ぴちぴちちゃんが看護婦を代表してお祝いの花束贈呈をしてくれました。

うれしかった僕は、思わず花束を投げ捨て、大好きなぴちぴちちゃんに抱きついたのです。

そこへ、あの右フック・・・

魔女っ子みどりの使命と試練

みどりちゃんは悩んでいた。

寝室のガラス戸を蹴破りたいほど、悩み懊悩していた。

何故か？

遠く西の島国から、頻繁に迷惑メールが届くからである。

このメールには、必ず添付ファイルが添えられてあった。

ファイルの内容は常に幼稚な駄文であったが、発信者であるKはこれを小説と称していたのだ。そしてこれらの支離滅裂な駄文の講評をみどりちゃんに求めていたのである。

「読まれてこその小説なのだよ」、Kは葉書にこう書いて、その葉書をみどりちゃんの元へと送りつけてきたこともあった。

Kは自分の執筆した小説なるものについて、ある時は尊大に、またある時は卑屈に、みどりちゃんの高評価を要求していたのである。

これは彼女にとって雑音以外の何物でもなかった。

しかしながら、ひとときの破滅と再生が忍び足で、みどりちゃんとKの上に訪れることとなった。やはりみどりちゃんは魔女だったのだ。

悩みの嵩じたみどりちゃんは、本気でガラス戸を蹴破ることになる。

ガラスの破片と血しぶきが、寝室で乱舞する、春風に舞う桜の花びらの如くに・・で、【全治3週間】と医師に告げられることとなった。

3週間はKのあの添付ファイルから解放されるわ・・、と、みどりちゃん。

逃がさないよ、とK。

ヒヨコが丘でのたたかい

「よっちゃん、あそぼ」と、みどりちゃんが大声でよっちゃんをよびました。

よっちゃんは、「はいよ」とこたえてから、少しかんがえました。

さくせんがひつようだとかんがえたのです。

きのうのチョコレートじけんのことをふりかえってみたのです。

チョコレートじけんのあらましは、こんなことでした。

みどりちゃんがかじっていた板チョコレートを、よっちゃんがすきを見てうばいとったのです。それだけです。

ちなみに、よっちゃんとみどりちゃんは、ヒヨコが丘よーちえん、タマゴぐみのなかまであって、ふるいつきあい・・ようするに幼なじみでありました。

ふたりで、おててつないで楽しくおさんぽしていたときに、そのじけんがぼっ発したのでした。

よっちゃんは、みどりちゃんのリベンジをおそれました。

ですから、きのうのチョコレートののこりを口の中に入れて、みどりちゃんにあうことにしたのです。

「きのうのチョコレートかえすよ」、と、よっちゃんはくちびるを、みどりちゃんのほっぺたにくっつけたのです。

そしたら、みどりちゃんは大きな声でさけびました。

【それって、百年早いわよ！】

ありきたりだな、みどりちゃん・・

とじこめられし・わからんちんくん

「ハダカのボクって美しい?」

・・・・・

そこはトイレだった。

密室だった。

鍵は眼前にあるのだが、使い方が分からない。

だから、ドアを開けてトイレの外へと脱出する方途が思いつかなかったのだ。

風呂上がり、裸のままトイレに直行したわからんちん君は、そこで気持ちよく放尿した。

そこまでは順調だったのだが、トイレの外へ出ようとすると、ドアが開かない。

鍵のせいだ。

わからんちん君は、トイレの内鍵の開き方を知らなかったのだ。

これは学校でも習っていない。

便座に腰かけたわからんちん君は、大きな声で助けを呼んでみた。

大騒ぎしてみた。

予想どおり、両親と祖母と弟がトイレの前にかけつけてきた。
余談であるが、祖母の調理の邪魔をするのは、わからんちん君の趣味であった。
彼の思考回路は、余人とは異なる。
よって、わからんちん君と呼ばれていたのだ。
彼は便座に腰かけながら、叫びたてた。
そして、トイレの室内を見回しながら、考えてみたのだ。

「これが宇宙なの?、狭いものだね」

野良猫についての考察

野良猫のカップルが冬の野原を彷徨していた。

オス猫は薄汚れていたが、メスの方は毛並みが良い。

しかしよく見ると、メスの毛並みも荒れ始めてはいる。

二匹の野良猫は体を寄せ合って、寒風に耐えていた。

道行、という悲しく切ない言葉が二匹には似合っていたのだ。

「これが、駆け落ちなのね」と、メス猫がつぶやく。

「寒い、お腹がすいてきたよ」

「ヒメ、よくあの家を捨てて俺についてきたな」

「悪くって？」

「悪くはないが、なぜ俺についてきた？」

「それはね」

「それは？」

「マクスが純文学志向だと分かったからよ」

「純文学のどこがいい？」

「わたくし、エンタメ専門だったから」

「それはそれでいいのじゃないか」

「ダメなのそれが」

「どうして？」

「いわゆる純文学コンプレックスなのよ、ヒメは」

「俺の偽・純文学にだまされたのか？」

「そう」

＊

わたし、最初は野良でした。

どこかで生まれてどこかで育ち、気が付いた時には捨てられていたのです。雨に濡れ、寒さに震え、お腹が空いて泣いていました。

わたしは、いえ、えへん、わたくしは、人間という生き物を心から尊敬します。なぜって、ボランティアと名乗るお兄さんやお姉さんのグループが、わたくしを貧困と飢餓から救い出してくれたからです。

その後わたくしは、グループのお兄さんお姉さんたちの手によって、人々の行き交う駅前の広場で【この猫もらって下さい】ってことになりました。

ママ、いまはこう呼んでいるちょっとトロそうなおばさんとわたくしは、ある晩駅前の雑踏の中で目と目が合ったのです。

のちに述べる運命です。

「その子、わたしが引き取ります」、とおばさん、いいえママはきっぱりと言ってくれました。

このおばさんの住む宇宙へと旅立つのね、と、わたくしは覚悟を決めました。

どんな宇宙が待っているのだろう？　その時わたくしは考えました。

このおばさん、何者だろう？

不安と期待とで胸がいっぱいになったのを覚えています。

されど、わたくしを待ち受けていたのは夢のような世界でした。

ヒメとなずけられたわたくしは、その日から柔らかい毛布にくるまれて、生まれて初めて暖かいミルクという飲み物を与えられましたし、目の前のトレーの上には細かく砕いた魚と肉とトマトが盛られていたのです。

ママは、二人（？）の目と目が会ったその瞬間を、【運命的な出会い】と、今でも呼んでいます。

＊

ママにはひとり男の子がいます。ボクちゃんという名前らしい。

小学校で勉強しているとのことですが、やはり人間って偉いなと思います。

子供のころから難しい学校へ通い、難しい学問をするなんて！

猫の世界では考えられないことです。

このボクちゃんとわたくしは仲良しです。

ボクちゃんは優しくわたくしを抱き上げてくれます。

そして気に入らないことがあると、わたくしを床の上にたたきつけます。

このたたきつけが、結構気持ちよく、私の体毛に住み着いた害虫を吹き飛ばしてくれるのです。

その他、と言っては可哀そうですが、この家にはパパという男性も住んでいます。

人間の世界では、男性というのは可哀そうな存在なのでしょうか？

タバコという苦い煙を吹かし、
黙々と食べ、

黙々と眠る、
ただそのためだけに生きている、としかわたくしには思えない。
パパに近づくのはやめよう、
パパの描写はやめよう、とわたくしは思います。

*

わたくしが定住したママの家（本当はパパが借金して建てた家なのだけれど）の軒下に、ある時から、住所不定・本物の野良猫であるマクス君が姿を現すようになりました。
彼の趣味は【虚無】なんだそうです。

そういえば・・
マクス君の仲間に、コジロー君という嫌な野良猫がおりましたっけ。
キザでオシャレでメス猫たらし。
ある時、このわたくしに目を付けたのでしょうね。
どこからか盗んできたメザシを毎日のように、わたくしの元へと運んできたのです。
プレゼントなのだそうです。

「愛の証」なのだそうです、ふざけるな！
大げさなんだよそのセリフ。
今どきの若い猫は、そんな大時代なコトバをつかいません。
たださりげなく、がいいのです。

それに引き換え、マクス君は硬派。
【虚無】という言葉がよく似合っていました。
そう、寡黙な硬派の一匹猫って雰囲気だったのです。

マクス君の日記から、一部を引用させていただきます。
もちろん、猫に文字は書けませんから、以下はマクス君の脳髄におけるイメージととらえてください。また以下、猫が書くという表記が出現したらならば、この小説の作者のボキャ貧が原因と考えて下さい。

【マクスの日記らしきもの】

俺もそろそろお終いか・・、

体が動かないのだ。鳴きたくても声が出ない。目のまえに横たわる焼きサンマに対しても食欲が湧いてこないのだ。

俺は自分のいのちの終焉を自覚した。

猫の脳髄は、人間のそれに酷似しているらしい。

だから死を目前にしたその刹那、俺の脳髄を、俺が生きてきた道程、いわゆる猫生が鮮明な映像を伴った記憶として蘇ってきたのだ。

それは飢餓を伴った灰色の空洞・・

＊

とても暗く悲しい日記です。

その日記の意味するところを深く深く掘り下げてみながら、

その時のわたくしは、自分の読書体験を反芻してみたのです。

それはエンタメ文学の花盛り、ではないでしょうか。

日記を読んだわたくしは、心底心配になって、こう叫びました。

「マクス、死んじゃうの？」

「死ぬわけないだろ、俺ピンピンしているぜ」

「でも日記には」

「あはは、あれか」

マクスは笑って答えました。


「俺いま、小説書いている途中なのだよ、これって純文学だぞ」


「純文学！」

「私には手の届かぬ世界だわ」

「連れてって」

「私をそこへ、その世界へと！」


こうして二匹の野良猫（一匹は元）は駆け落ちの旅へと飛翔したらしい。

言語感覚

病棟の患者用フロアのテーブルの上に、張り紙がしてあった。

「困ったときには、職員【へ】声をかけてください」、と書いてある。

職員【に】、ではないかと、私は婦長にクレームを付けました。

多忙な婦長は、張り替えが面倒だ、という雰囲気を漂わせながら、

「日本語って難しいわよね」、と言って、ナースステーションから脱出し、私の眼前から消え去ってしまったのだ。

私は婦長の帰りを辛抱強く待った。

そして、ステーションに戻ってきた婦長にこう言ったのだ。

「私の友人に東大国文科出身者がいます（嘘です、そんな友人はおりません）」

「【へ】が正しいか、【に】が正しいか、その友人にメールで聞いてみましょう」

婦長は多忙だったから、曖昧にうなずいただけで、また眼前から消え去ってしまった。

尋ねてみたけれど、「【へ】も【に】も正しい日本語だけれど、【に】の方が丁寧らしいよ」、と、私はまた嘘をついた。

「張り紙は、書き換え？」、婦長としては、書き換え・張り替えの煩わしさの方が気になるらしく、私の嘘を全面的に受け入れている。

その夜、東京女子大英文科出身の友人（これは本当です）に、同じ疑問をメールでぶつけてみた。

彼女曰く、「【へ】は特定のスタッフ、【に】はスタッフ全体！」

「そんなことも分からないの？」

「居眠りしているんだろ、毎日」

私たちは荒野を目指さない

そのむかし、むかしむかし、「青年は荒野を目指す」という、下らないフォークソングが流行したことがある。

いったいこの「荒野」とは何なのであろうか、と、私は考えてきた。文字通りの殺伐とした荒野であるならば、目指すという行為は論外であろう。安逸な現在の生活を捨ててまで、飢えと渇きの待つ荒野へと、誰が向かうというのだろう。オンとオフとに支配された現在の我らを、一体どんな荒野が凌駕するというのか。

少し考えてみる。

もしかしたら、上記述べてきた事どもは錯覚なのであろうか？
この「荒野」というのは、私たちの人生を暗喩しているのであろうか？
そうであるならば、私たちは全面的に、この「荒野」を目指さなければなるまい。
私たちは荒野を目指さない、と同時に、
荒野を目指さざるを得ない。

誰かがこれを「宿命」と呼んだ。

「うそ」の研究

事実と真逆の発言・行動を、一般的には【うそ】とよぶが、それだけではこの小説は終わってしまい、面白くない。

そこでまず、【うそ】というコトバを反転させる…、そう、それは【ほんと】である。【ほんと】というコトバを極限まで突き詰めると、そこに【うそ】の地平が見え始めるのではないか？

前置きが長くなったけれど、物語を始めることにしよう。

物語は単純なラヴ・ストーリーです。
単純の中に最高がある、と、言うではありませんか。
物語の冒頭、
A君はB子さんのことが好きになりました。
これが物語の始まりですが、すべてではありません。
好きになった、という現象から、私たちの探求が始まります。
A君は【ほんと】にB子さんのことを好きになったのでしょうか？

B子さんの何が、A君をして恋に陥らせたのでしょうか?

容姿?、性格?、セックス・アピール?

実はこれは除外診断なのですね。

好まぬ一定の容姿以外は、これを受け入れる。

好まぬ性格、好まぬセックス・アピールについても同様に受け入れる。

するとA君の好みのスペクトラムは限りなく拡がってゆき、挙句「女だったら、一応、誰でもいい」というところまで行き着いてしまうのです。

以上が【ほんと】の世界のスタート・ライン。

人生、ここから徐々に【絞り込み】へと入って行きます。

同時に【比較】という、隠れていた精神作用も蠢動をはじめます。

あれはいや、これはいや、と、徐々にB子さんのメッキがはがれ始め、同時にC子さんへの恋も芽生えてきます、いや、C子さんのみならず、D、E、F・・・

最終的に、A君のB子さんへの恋慕は極限までに狭小化し、【うそ】の世界へと転化するのです。

そうです、突然の嫌悪。
A君のB子さんへのいわゆる「恋」は【うそ】だったのです。
時すでに遅く、B子さんの性的エナジーはA君に向かっているかもしれない。
逃げろA君！
【ほんと】の世界の恐ろしさ、おぞましさ・・・
【うそ】の世界が君を待っている。
現実的には手遅れかもしれないが。

こうして考えてみると、【ほんと】と【うそ】の善悪が不明になってくるようだけれども、
世の中では【ほんと】を突き抜け【うそ】に生きる者が人生の勝利者であるような。

「僕は、君にはもったいない」とA君
「卑怯よ！」とB子
外野席では哄笑の渦。
「穴さえあればいいんだろ」

「病気ですね」

短編小説

念仏悲劇

私はこれから、この話をどこの誰に向けて語りかけるべきなのだろう？

巷に溢れる、いわゆる「秀才」どもに語るべきなのか？

いや、逆に、凡人と呼ばれる人々に語るべき話なのか？

話の前途を俯瞰しつつ語りながら、そのどちらでも良い気がしてくる。


都心から遠く離れた郊外の、田畑に埋没する某三流大学。

ここは、お勉強が嫌いな若者たちにとっての、許された4年間の遊び場である。

この物語の主人公は、この某大学文学部文芸学科の非常勤講師であるが、かつて理論物理学の研究者を目指していたことがある。研究者の入り口へのあまりに安易な到達と、その後の「研究者そのもの」としての苦い挫折ののち、彼はこの某大学に流れてきた。「研究」という悪夢からの逃避でもあった。しかしここ某大学においても、彼の自尊心は満たされなかった。大学院生時代から続く泥酔の毎日ののち、彼は短い生を、アルコール性劇症肝炎によって閉じることとなった。ある刹那、彼は世の普遍的な真実に気が付いている。「勉強」と「学問」の本質的な違いを悟っていたのである。

後に残されたのは、短い、断章とも呼ぶべき小説【念仏悲劇】の草稿であった。ここでは彼の芸術への憧憬も綴られているが、彼には何者かを生み出す能力も欠落していたことが告白されている。

秀才とは何だろう?

彼の悲惨で短い生は、それを教えてくれる。

1．物理学講義

某三流大学のキャンパス。その講義室で文学部文芸学科の講義が始まる。

高校時代まで、文学とは無縁であった若者たちが、虚ろに文学を学ぶ。

いや、学ぶふりをする。

彼ら彼女らにとって、文学などどうでもよいのだ。【今】が輝いていればそれでいい。

お勉強は、してこなかった。

秀才などは異人種である。

だから、彼ら彼女らは、「お勉強」と「学問」の違いなどに思いを馳せたことなど決してなかった。しかしそれこそが、これからやって来る非常勤講師にとっての極めて重要な・命がけの命題であったのだ。

広い階段教室に、疎らに着席する若者たち。私語とうたた寝に満たされた、平均的・日常的な日本の学び舎である。一応彼ら彼女らは、講義の始まりを待っていた、単位が欲しかった、早く帰りたかった。

定刻よりかなり遅れて、講義室前方の扉が静かに開く。理論物理学的人文学者を自称する、非常勤講師Ｉが正装して入室し、教壇に上がる。Ｉは、白いハンカチでゆっくりと額の汗を拭い、咳払いを一つ。それから講義室をぼんやりと眺め渡す。彼は、決して出欠を取らない。真実を恐れていたのだ。彼の顔面は、自身言うところの、哲学的苦渋に満ちている。

(今日のお題目はなんだっけ?)

(小説の書き方だとさ)

(小説?、なんであいつが小説なの?)

(俺は知らない。あいつに聞いてみたら)

(あいつはどうでもいいけど、小説に「書き方」なんかあるのか?)

(ないと思うよ、俺は)

(あいつはね、ノーベル物理学賞はあきらめて、文学賞に転向したのだと)

(一種の妄想だな)

(物理学の方法論で文学を構築するのだと)

(いつもの・・・、だけど)

(それで、なにか小説を書いているのか、あいつ?)

(噂によると、「念仏悲劇」という作品を書いたらしい。それを大手出版社に持ち込んで、もちろん門前払いをくらったそうだよ。たかが10枚にも満たない駄作だけど、ワトソン・クリックは1ページの論文でノーベル賞とったのだから・・・、と編集者にしつこく訴えたらしいよ)

(でも、ある意味おもしろそうだな、その「念仏悲劇」って。それを読んでみたら、あいつの精神構造がよく分かるのじゃないか)

(興味あるなら、お前、読んでやれよ、「僕に是非拝読させて下さい」、なんて言ったら、あいつ喜んで涙流すよ、きっと)


【念仏悲劇】

なむあみだぶつと唱えども、わが人生暗き途のみ
・・・・、これだけ?

2. 念仏悲劇(I)

これは学問という名の、ある意味での虚飾に敗れた者の、悲惨な、しかし普遍的な「死」についての話である。

彼は、都心にある某有名大学の物理学科を、優秀な成績で卒業し、そのまま大学院へと進んだ。ここまでは、彼の人生は順調だった、いや、順調すぎた。彼は傲慢であったし、自分を中心に世界は動いているのだ、と感じるときもあった。彼の傲慢は、当然敵を作ってゆくことになったが、彼はそのようなことには無関心であった。「俺と闘うとでも言うのかい?」

大学在学中から、彼は、物理学の研究者となることに決めていたし、そのような彼の志向を、家族も、そしてガールフレンドのA子も、当然のことと受け止めていた。振り返って見ると、彼には「挫折」という経験がなかった。だから、彼を含む周囲の人間は、彼の物理学研究者としての大成を疑わなかった。T大理学部・物理学科の教授の椅子が、

彼を待っている、と、彼を含む皆が信じていた。

順風満帆・威風堂々、彼はT大のキャンパスを闊歩した。

彼はあらゆる学部のあらゆる研究室を訪れ、「私、理学部物理学科のIです」、との挨拶を残して歩いたのだ。

落ちこぼれ、堕落してゆく法学部学生たちとは、彼は優しく交流した。司法試験に無益に挑戦して不合格を続け、学内に群れを造って怠惰に駄弁する荒んだ若者たち。図書館の喫煙室は常に彼らに占拠されていた。彼は彼らに、何故か親近感を覚えていた。

何故だろう？


彼の人生のネジが狂い始めたのは、それが顕在化し始めたのは、彼の大学院修士課程時代からだが、実は彼自身、ネジの狂いをそれ以前から、うすうす感じ取っていたのだ。ネジの狂いを感じ取っていた彼は、その狂いを隠蔽するように、外観をエキセントリックに仕立てることにした。ぼさぼさの頭髪、太い黒縁の伊達眼鏡、乱雑な無精髭、すそのほつれた汚いTシャツ、皺だらけの綿パン、素足にスリッパ。このような姿で理学部本館の廊下を闊歩し、誰彼となく語りかける、「君、研究は進んでいるかい？」

大学から提出を求められた彼の修士論文は原稿用紙1枚に2行というものであった。

【Πの研究】

Πの研究は無限に続く。理論物理学もそれと同様に無限に続くだろう。

書けないのだ。それ以前に、彼には研究ができない。理論物理学は彼を拒絶していた。

教授会は彼のこの修士論文をめぐって紛糾した。

「こんなものを修士合格にしたら、わがT大の恥になる」

「同感」

「愚か者は切り捨てよ」

・・・・

しかし指導教官である主任教授が教授連をまるく収める。

「彼の研究者としての資質は、まだ、未知数です」

「可能性を信じましょう」

こうして彼は大学院博士課程へ進むが、なにをどう研究してよいのか分からない。そして後輩たちに追い抜かれてゆく。

敗残の屈辱・・・、しかし微笑は絶やさない。

表面平静を装いながらも、内心の焦りは過度の飲酒となってゆく。

ガールフレンドのＡ子は、しかし何も知らない。将来、彼は、Ｔ大物理学科の教授になると信じている。だから彼に結婚を迫った

Ａ子との華燭の宴。しかし彼は嫌だったのだ。宴の席から逃げ出したかったのだ。結婚を含めて世の中の諸事が煩わしかったのだ。

彼のアルコール依存は続き、泥酔する彼の中に、彼の本質を目ざとく見て取ったＡ子は素早く彼のもとを去っていった。Ａ子との離別であり、彼の孤独への回帰であった。

主任教授は彼を持て余していたのだが、そのまま切り捨ててしまうほど冷たい人間ではなかった。だからコネクションの限りを尽くして、彼の居場所を探し歩いた。

文学部への転向、

単なる思い付きではあったが。

「君、某三流大学文学部文芸学科の非常勤講師にならないかい？」

彼にとっては、しかし、これは格好な逃げ道であったのだ。これで理論物理学から解放される、と、彼は嘆息した。

文学部に移籍した彼は、これからは文学的人間でなくてはならぬ、と自分に言い聞かせたし、業績を残さねば、と考えた。

私小説【念仏悲劇】の執筆である。

『なむあみだぶつと唱えども、わが人生暗き途のみ』

ここまで書いて、後がなかなか続かない。いや、続きを叙述することに、彼は躊躇いを覚え、草稿を隠蔽し、それを焼き捨てようともした。

冒頭のみの開示で、大長編になる予定だと述べ立ててみたが、出版社では門前払いをくらう。

業績が、俺には無い・・

彼の苦悩の本質がこれである。

焦燥の結果、指数関数的に飲酒量が増え、彼はアルコール性急性肝炎を発症した。劇症肝炎である。

最期は悲惨だったと、病理解剖執刀医は語った、そのような死。

死の床で、彼は苦痛と闘いながら考えた。

なむあみだぶつと唱えども・・・

3. 念仏悲劇（Ⅱ）

繰り返しになってしまうが、彼の生き様、彼の悲惨な死について、ここにもう一度語ろうと思う。

私は、大学院での彼の後輩であったが、私にとっても他の誰にとっても、彼は不思議な存在だった。理学部研究棟の廊下を、ペタペタと藁草履で闊歩する彼は居丈高であった。いつも自信に満ち溢れて見えた。更に、彼が何を研究しているのか、全く不明であった。

私たちはよく彼に声をかけられたものだ。

「ご苦労さん」

「研究は進んでいるかい？」

彼はアルコール性劇症肝炎のためにこの世を去った。毎夜の泥酔が招いた致死的で悲惨な病であった。

後になって振り返って考えてみると、彼は学問の世界において、脱落者だったのだ、ということが分る。

では翻って、学問の世界とは何だろうか？、と問うてみる。

虚飾・欺瞞・嫉妬・・・、醜さが、愚かしさが渦巻く世界ではなかろうか。

それでも彼は学問を希求した。

軽蔑しつつ、学問を希求した。

彼の手は学問の扉を求めたが、それに触れることさえできず、結果として彼は失墜していった。学問を罵り憎みながら、同時にそれを求める両義性。そのような両義性の中を彼は短く疾走していったのだ。

幼い頃から、彼は学業優秀であったという。「負け知らず」、と自称して狭い田舎町を闊歩していたらしい。両親にとっても自慢の息子であり、臨家のA嬢は、自分が彼の許嫁であると周囲に吹聴していた、と聞く。

A嬢は美しい偽善者だった。

【ぼくのゆめ】：小学生時代の作文から

ぼくは、おおきくなったら、ぶつりがくのけんきゅうしゃになりたいとおもいます。なぜかというと、りろんぶつりがくとは、ずのうだけでしごとをすすめ、ものごとのほんしつをつきつめるがくもんだからです。さいわいぼくは、あたまがよくうまれてきました。とうさん、かあさんにかんしゃしています。がっこうのてすとはいつもまんてんです。これくらいあたまがよくないと、りろんぶつりがくのけんきゅうはむりだとおもいます。ともだちとあそぶのはあまりすきではありません。となりのせきのけんちゃんは、いろんなあそびをかんがえついて、ぼくにじまんしますが、ぼくはそんなこと、すこしもおもしろいとおもいません。それよりも、べんきょうがたいせつ。けんちゃんは、りろんぶつりがくにはむかないとおもう。いろんなことをかんがえているひまがあったら、しゅくだいのドリルをやったほうがいいのに。

【私の将来】：高校時代の作文から

私は将来、理論物理学の研究者になろうと思っています。私の頭脳がそう要求していると言ったら嫌味に聞こえるでしょうか。私は肉体的には脆弱ですが、頭脳にだけは自信があります。この点、両親には感謝しています。

先生方もおっしゃったではないでしょうか、私の頭脳は当校の誇りであると。

友人たちは、色々な遊戯を考え付いて、遊び興じているようですが、私には興味のない事です。参考書を読み込むこと、問題集を解きまくる事、それが肝要です。友人たち、特に奇抜な遊技を案出する友人たちには、理論物理学は向かないと思います。そんな暇があったら勉強すること。

それ以外に途はありません。


勉強とは何だろう?、学業優秀とは、いったい何だろう?・・・、これらは後年、死の床で彼が繰り返し自問した命題である。俺は優秀だ・・・、なのになぜ?

大学入試は、彼にとって壁とはならなかった。名門T大学の理学部物理学科を受験した彼は、広い試験会場を見渡し、「馬鹿者めが・・・」と、吐き捨てるように呟いた。合格発表の朝、【ノーベル物理学賞】という言葉が脳裏をよぎった。そう、「俺に約束されたアワード!」。本当に脳裏をよぎったのだ。

大学の単位を順調に、しかし単調に取得していった彼は、当然のように主席卒業者となった。当然のことである、とシニックに微笑む彼の誤算はここに始まる。彼の人生を崩壊させる誤算の萌芽がここにあった。

T大学の理学部には卒業論文がない・・・

「研究」せずとも卒業はできる。

遊んでいてもいいところなのだ。

前述のように、彼は、T大学の物理学科を、優秀な成績で卒業したし、そのまま同大学の大学院へと進んだのは当然の成り行きである。彼を含む周囲の人間は、彼が物理学研究者として大成することを疑わなかった。未来の物理学科教授であり、彼の名声は世界中に響き渡る事であろう。研究に没頭する毎日が待っている。理学部本館の廊下は、彼のために磨き上げられるであろう。

しかし、人生のネジの狂い・・・、彼がその狂いの否定を繰り返しても、ネジの狂いは一層深刻に自覚されてゆく。その狂いを隠蔽するために、彼は外観をエキセントリックに仕立てた。無意味な、悲しい、宿命への抵抗であった。坊主頭、太い真っ赤なフレームの伊達眼鏡、乱雑な顎鬚、汚いジャンパー、皺だらけのジーンズ、素足に藁草履。このような姿で理学部本館の廊下を闊歩し、誰彼となく語りかける、「君、研究は進んでいるかい?」「僕?、僕はね、Πを研究しているよ、ははは」

実際、彼の研究ノートは、Πの記号で埋め尽くされていた。

Π・Π・Π・・・

そしてノートに向かう彼は真剣に悲しかったのだ。

彼の修士論文は、前述の如く原稿用紙1枚に2行というものであった。

【Πの研究】

Πの研究は無限に続く。理論物理学もそれと同様に無限に続くだろう。

決定的な事実として、彼には「研究」というものができない。「研究」という言葉の前ですべてが停止する。既成の学問の範疇から抜け出す術を彼は知らなかった。簡単に述べれば、オリジナリティーの欠如である。だから理論物理学のフロンティアは彼を拒絶していたのだ。

前述の如く、教授会は彼のこの修士論文を黙殺しようとした。

しかし指導教官である主任教授が、批判的な他の教授連を辛抱強く説得・懐柔した。

論文未完成となると、指導教官の責任問題になるからに過ぎない。

決してこの主任教授が温情主義者だったわけではない。偽善者である。

「彼の研究者としての資質は、まだ、未知数です」、主任教授は高唱した。

「可能性を信じましょう」

こうして彼は無事に大学院博士課程へ進むことになったが、彼は本当にそれを望んでいたのだろうか？

とにかくなにをどう研究してよいのか分からない。「お勉強」はできる。しかし「研究」ができない。未知の領域へと踏み出す能力に、彼は決定的に欠けていたのだ。

そして後輩たちに追い抜かれてゆく・・・

振り返り、嘲笑を残して駆け去ってゆく後輩たち・・・

理論物理学の申し子たち・・・

敗残の屈辱にまみれながら、彼は言い訳を模索する。

表面平静を装いながらも、内心の焦りは過度の飲酒となってゆく。

ガールフレンドのＡ子は彼の苦悩について何も知らない。将来、彼は、Ｔ大物理学科の教授になると信じている。だから、だからこそ彼に結婚を迫った。将来の教授婦人としての夢は果てしなく拡がっていった。それまでは学究の徒の妻として、清貧を貫こう。

そのようなＡ子の夢想の押し売りは、彼を更に追い詰めることとなった。

そしてＡ子との華燭の宴が待ち受けていた。

彼は、本当は、Ａ子が憎かったのだろう。

彼は嫌悪した。結婚を含めて世の中の諸事が煩わしかったのだ。

やがて訪れた彼とＡ子の結婚生活は、長くは続かなかった。

A子は賢くも狡猾な女だった。

残酷な女だった。

結婚後も彼のアルコール依存は続く。

そして泥酔する彼の中に、A子は彼の本質を目ざとく見て取った。

この人には、研究ができない・・・

助教授にすらなれないだろう・・・

T大理学部物理学科・教授どころではない、彼はただのアル中である。A子は確信し、出来る限りの証言を集めたうえで空涙を見せ、悲劇を演じ、うわべ円満を装いつつ、離婚届を片手に素早く、逃げるように彼のもとを去っていった。

アル中のうえに研究の欠片も行わない彼を、主任教授は持て余していたが、そのまま切り捨てるほど教授は冷たい人間ではなかった。しかし、教授は温情溢れる人間だったわけでもない。要するに指導教官としての自分自身の責任問題だったのだ。だからコネクションの限りを尽くして、彼の居場所を探し歩いた。この主任教授の迷走は、教授の頭脳の混沌を現している。

彼に理論物理学は無理だ。

大きく方向転換させよう。

それが彼のためだ。
プライドも尊重しなければならない。
T大文学部出身の旧友Nが、某大学で教授をしていたっけ。
それなら思い切って・・・
文学部への転向、単なる思い付きである。

「君、某三流大学文学部文芸学科の非常勤講師にならないかい?」、と主任教授は彼に問いかけた。理論物理学から文学への転向とは信じがたいが。

ところが、彼にとっては、これは格好な逃げ道であった。

非常勤であろうと、講師は講師であって、名刺も作れる。

これで「研究」という呪縛から解放される。

理論物理学から解放される、彼は嘆息した。

文学部に移籍した彼は、前述の如く、これからは文学的人間でなくてはならぬ、と自分に言い聞かせたし、文学的業績を残さねば、と考えた。文学的人間の業績は傑作大長編小説の執筆であろう、と彼は独善的に考え、原稿用紙を前に万年筆を握りしめる。

ノーベル文学賞、という言葉が、ふと脳裏をよぎる。

私小説【念仏悲劇】の執筆である。

『なむあみだぶつと唱えども、わが人生暗き途のみ』

ここまで書いて、後がなかなか続かない。草稿は固く隠蔽された。。

中身の欠落した作品を、記念碑的大長編になる予定だと述べ立ててみても、出版社で門前払いをくらう。

業績が、俺には無い・・

焦燥と共に飲酒量は爆発的に増えゆき、遂に彼はアルコール性急性肝炎を発症した。

劇症肝炎である。病悩の彼はさらに敗血症を併発し、細菌群が全身の血液中で暴れ狂った。

最期は悲惨だったと、担当の病理解剖医は放心顔で私に、彼の病態を語った。

死の床で、彼は苦痛と闘いながら考えた。

なぜ、この俺が・・・

4. 非常勤講師Iの草稿【念仏悲劇】

なむあみだぶつと唱えども・・・

ああ、俺は苦しいのだ。後輩たちに追い抜かれてゆく。焦燥と屈辱と敗残感。「研究」ができない。この俺には、出来ない。何故なのだ。俺は優秀ではないか。優秀だったではないか。幼い頃からの負け知らず。故郷の田舎町の期待を双肩に背負って上京、難なく名門T大理学部の物理学科に入学を遂げたではないか。主席入学の主席卒業。あの頃の俺は勝利の栄光に満ち溢れていたのに。今のこの様はなんだ。

「研究」とは何だ、と俺はいつも考えてきた。同級生も、先輩も、後輩たちも、皆「研究」をしている。奴らは「研究」をエンジョイしているではないか。俺よりも劣ると思われるあいつらが、楽々と・・・

しかし俺には「研究」の仕方が分からない。うず高く積み上げられたテキストたちのどのページを開いても、「研究」の仕方が記載されていないではないか。どれもこれもじっくり読みこんだテキストなのだが・・・

大学院に進んでから、何かが狂い始めたようだ。学部時代とは空気が異なる。

そこは研究することが当然の世界であって、テキストは要らない。自分の頭が理論を紡ぎださなければいけない、そのような新しい世界だったのだ。

そうして俺は悟ったのだ。

「お勉強」と「学問・研究」は異なるものである、ということを。

俺には「学問・研究」ができないということを。

しかし、この自覚は周りの人間たちからは隠蔽されなくてはならない。敗残は、俺の自尊心が許さない。

エキセントリックになろう、と俺は決めた。外見の奇抜さで周囲の人間を幻惑するのだ。素足にサンダル履きで、理学部本館の廊下を闊歩してやろう。

それから、恋人A子は、俺にとっては迷惑な存在だ。

「いつ頃、助教授?」、と、本気で俺に尋ねてくる、あの無神経な馬鹿女。

俺は、精神的にA子を「抹殺」する。

結局俺は、自己の魂の救済を求めて、この田舎の某三流大学へと流れてきた。

某大学で、虚ろな日々を俺は送る。

講義室に疎らな若者たちの、意地の悪い嘲笑。

(君たちは、今まで、本気で勉強したことがあるのか?)

と、考えて、しかし、現在の自分の惨めな姿にたどり着く。そうしていつもの自己嫌悪に俺は陥る。

ある時、食堂へ向かうはずの俺は、大学構内で道に迷ってしまった。ともかく行き着いた先は美術部の部室だった。汚い木造の小部屋の扉に、ペンキのようなもので「美術部」と殴り書きがしてあった。

油絵の油の匂いが、何故か俺を呼んだ。ノックをしても返事はない。誰も部屋の中にはいないようだった。

もう一度ノックしてから扉を開けると、正面の壁に、あああ、月の塔。

ちゃんと「月の塔」と書いたプレートがその塔の下に貼られていた。

その油絵の圧倒的な存在感に俺は打ちのめされた。

月の光が薄暗い部室にぼんやりと、しかし存在感をもって浮かんでいたのだ。

俺には造り出すことのできない油絵がこちらを見つめている、と、俺は痛切に感じた。

しばらくそうしていると、俺の背後で、低い笑い声がした。

振り返ると、ベレー帽を被り絵の具で汚れた上着を着た小娘が微笑んでいた。

「おじさんだれ？」

「どこかで見たことあるわよね」

「ああ、ぶつりやの先生？」

「その絵、私が描いたのよ、先生、ふふふ」

いかにも頭の悪そうな、そばかすだらけの小娘が、そう言って微笑んでいる
俺は考え、そして悟った。
俺は「モノ」を造りだすことのできない人間なのだと。
俺の脳髄は物理学の理論を紡ぎだせない。
俺の感性は有形の美を造り出せない。
アルコールに溺れる日々が続く。
アルコールに勝る良薬はない。
屈辱も敗残の惨めさも、アルコールを飲んでいる限り忘れられる。
「死」が訪れる日も近いのだろう、と、俺は考えた。

「死」を前にして、俺は自分の迂闊さに気が付く。
高等学校の、あるいは受験予備校の、物理学講師が俺に相応しいのではないか?
しかし、もう遅い。

（死によって、彼の独白・手記は未完に終わる）

フィンランドの草原

【贋作・のるうえいの森・として】

その時僕は、タクシーに乗っていた。タクシーが止まったところは、またいつもの貧相な街だった。空はどこまでも青く、晩春の太陽が輝きを滲ませていた。何処からも音楽の流れ出す気配のない街、沈黙の街。

しかしフィンランドが沈黙を乗り越えたように、この街にもいつかは軽快なジャズが響き渡るだろう。

僕は、乗り物酔いを克服するための空腹とたたかっていたから、早くこの街にたどり着きたかったのだ。

タクシーを降りた僕は、これまでの人生で獲得したもの・僕を前向きな人生へと導いてくれたことどもについて考えてみた。

I sincerely regret that・・・

（心より残念に思いますが・・・）

いや、これは違う、

I believe we can accept your article・・・

（我々はあなたの論文を受理できる、と、私は信じている・・・）

Thank you for sending this manuscript・・・

（この論文を投稿してくれてありがとう・・・）

記憶とはまだらなものだ、そう思う。

70年以上の「軍事的中立」という沈黙を乗り越えた、北欧の国、フィンランド。そのフィンランドの平原に横たわり、記憶を辿る。ぼやけ霞む記憶の中の、鋭利な断面。

初恋の女ミルドレッドが、記憶の中で、僕の隣に横たわっている。彼女の顔つきは記憶の彼方に消え去っている。しかし、ミルドレッドの幻影は消え去ることなく、僕をたびたび襲う。彼女は僕に向けて何を語っただろう。

「よくタバコを吸うのですね」

古びた喫茶店で、彼女が語ったことを覚えている。僕は、届くことのない左の指で、タバコを持て余している。僕の手は、指は、永遠にミルドレッドには届かない。

彼女の頭の中は空洞だったのだろう、と、今思う。

ある夏の夜、僕はミルドレッドについて書いてみようと思い立った。しかし、浮かんでくるのはタバコのイメージだけだ。僕は回想する。僕は本当に、ミルドレッドを愛していたのか。

僕は大学生のころ、狭く汚いアパートに住んでいた。学生寮は、70年代学園紛争時の左翼残党によって占拠されていたからだ。プロパガンダの渦巻く学生寮は僕を拒絶したし、僕も残党一派を拒絶した。貧相なアパートの壁に、僕は古びたポルノ映画のポスターを貼ってみた。

「愛と絶望の街」、ポスターのタイトルはそう読めた。ともかく、僕の部屋は、僕の部屋だけは清潔だった。病理解剖室のように、部屋は光り輝いていた。

病理解剖室をイメージ出来るだろうか。病理解剖室・・・、病理解剖を終えた後、部屋に飛び散った血液は、部屋が白く輝くまで丹念に流水で洗い流される。

病理医Aは清掃の後の病理解剖室でラジオ体操を行うという奇妙な性癖を持っていた。解剖によって顕わになった自己の精神を、体操によって鎮静するのだという。体操の中に現れる一瞬の跳躍が、精神の昂ぶりを鎮めるのだ、と彼はいつか僕に語ったことがある。

「その跳躍だけはやめてくれないか」、と僕はAに頼んだことがある。跳躍は騒がしいのだ。隣接する病理診断室は静寂でなくてはならないから。無駄な騒音は、誤った顕微鏡診断につながる。僕の懇願に、Aは優しくうなずき返し、跳躍は病理解剖室から消え去った。

一年ぶりに再会したミルドレッドは、以前に比べ肥満していた。太りやすい体質なのだろう。再開したのは、混みあったバスのなかでだ。予定調和的な再会に、ミルドレッドは笑い声をたてた。ラジオ体操の話をすると、その笑いは爆笑になった。おかしくなって、僕も一緒に爆笑した、混みあうバスの中で。

「一人暮らしはどうですか」、と、ミルドレッドは訪ねてきたが、僕の中に答えとなる何ものもなかった。真夏だった。バスの窓から差し込んでくる日差しが熱く眩しい。偶然の出会いだったのだ。僕たちはバスを降りて歩くことにした。郊外の住宅街を巡る舗道を一回りした僕たちは、バス停前の中華料理屋へと入り、ビールを注文した。冷えたビールの快感と、軽く上気してゆく僕の情念。僕はミルドレッドを憎んでいたのだ。

「また、お逢いできる?」、とミルドレッド。

僕は沈黙し、ミルドレッドを突き放した。

僕が始めてミルドレッドに会ったのは、高校一年生の時だ。彼女は仏教系の私立高校の二年生で、官能的な美少女だった。彼女は僕の親友ナメクジのガールフレンドだった。僕たち三人は波長が合ったため、よく一緒にハイキングや登山を楽しんだ。だから、ナメクジが理由不明の自殺を遂げた後、この世に残されたのは僕とミルドレッドの二人だけ・・・、と感じたものだ。ミルドレッドとナメクジの間に、肉体関係はなかったらしい。僕が始めてミルドレッドを抱いたとき、彼女は処女のように思えたからだ。僕たちのデートは続いた。僕は哲学書を耽読し、ミルドレッドは散漫な眼差しを僕に向ける。

やがて、ミルドレッドから僕宛に一通の手紙が届く。ジョン・コルトレーンを聴きながら、僕はその手紙を開封した。

その時彼女は、言葉の真の意味で、娼婦だったのだ。

地平

目次

第一篇　新たな地平

「おじちゃん、悩んでいるの？」、幼稚園児・あいちゃんが私に問いかけてくる。あいちゃんは、み仏幼稚園の年中児。私の心からの友であり、小さな恋人である。

「うん、悩んでいるよ」

「どんなことに？」

「人生に」

「生き様に」

「じんせいって何？」

「いきざまって何？」


「過去を抱えた僕がいる・・・」

「そして今、【今】の僕がいる」

「その僕は、未来を目がけて、その未来に、自分の可能性を投げかけている」
・・・こんなこと、あいちゃんに分かるかな？
それって、て・つ・が・く、ですね。わたくし、あいちゃんには難しい命題だよ。それより、おじちゃんと二人で絵本を読もうよ。

でもね、あいちゃん、おじちゃんは生きてきたのだよ。人生って広くて大きいのだよ。

お空みたいに？　宇宙みたいに？

あいちゃんは漠然と空を見上げました。

春四月、桜の花びらが風に舞い、空の青さとコントラストをつくる生暖かい午後。

いろんなことがありました。私の人生には・・・

それって、いいこと、それとも悪いこと？

いいことも、悪いこともありました。

それでは、おじちゃんの人生とやらを、そろばんに置きましょう。あいちゃんは今、そろばん塾に通っているのだよ。なにしろ、私どもは「読み書きそろばん」の毎日。み仏は、寺子屋幼稚園とも別称されています。いいことは【入れる】、悪いことは【払う】、これ、そろばん学の基本だよ。

あいちゃんはピンクの肩掛け鞄から、くしゃくしゃになったドリルを取り出しました。余白の拙劣な落書きが微苦笑を誘う、そのように汚れたドリル。そろばん学習の始まりです。そして、その、そろばんの勉強は、私のこれまでの人生をトレースすることになるのでしょうか。では、未来は？　私の可能性は？　そろばんが、はじき出してくれるのだろうか？　ところで、そろばんには、プラスとマイナスがあるのかな？

わたくしはプラスしか知りません。マイナスは、あるとしても、まだ習っておりません。人生には、前向きしかないのですよ、おじちゃん。プラスしかないのです。

私の過去がプラスだった？

1．初恋

その女性は、とても肉感的でした。

どういう意味？、「にくかんてき」って。

豊満でした。

ほうまん？

肉付きがよくて、スタイルは均斉がとれている・・・

骨付きチキンですね。

真っ赤な唇がとても魅力的だったのです。とても可愛い顔をしていました。

顔はいいけれど、心はどうなの？、彼女の心。きれいな心だったの？

そんなこと関係なしに、私、おじちゃんは、一目で恋におちました。でもね、今は彼女のことミルドレッドって呼んで回想しているよ。一言でいえば悪女。この辺りはサマセット・モームの「人間の絆」を読んで勉強してね。

それって絵本？
・・・・・
でも彼女自身が「悪い」のではなくて、私の内面において相対的に彼女は「悪い」女、分かるかな?、要するにただの片思い。しかしながら、私の心を察知しながらもミルドレッドは私の心を弄んだ・・・、やっぱり悪女だね。

恋文は書きましたか?

ああ、書きましたよ。

どんな?

【君が輝く時が来た!】ってね。

うふふ、あいちゃんも輝いているよ、【今】。でも、それじゃあ女の子は口説けません。恰好つけたってだめです。もっと素直にならなけりゃ、おじちゃん。ところで、その肉感的な彼女とは、おてて・つないだ? ハグした? キスした? 全部「いいえ」なのですね。でも、それって本当に初恋? あいちゃんなら、とっくの昔に初恋しているよ。お相手は、み仏幼稚園の園長先生。スマートでダンディでイケメンで・・・、おじちゃんの初恋は本当の初恋なの?

あれは官能的な初恋だったのだよ。心とともに肉体が蠢動する恋、はじめての全身の疼きがおじちゃんを苦悩させたのだよ。

かんのうてき?、なにそれ。

あいちゃんにはまだ早い。大人の世界。

ああ、そうですか、そうですか。

でも、おじちゃんのいわゆる初恋の、本質の一部が見えてきましたよ、切ないね。それで、それからどうなったの、ミルドレッドちゃんへの恋は。

私は自爆しました。

自爆？

ミルドレッドの電話番号がかいてある、大事なメモ用紙を破り捨てました。ミルドレッドと私を繋ぐ唯一の架け橋を破壊したのだよ。苦かった思い出です。

とってもいいことしたのだね。それって正解だよ。

2．精神解剖室

肉体の解剖者は、同時に自己の精神によって自分自身が解剖される。おじちゃんは病理解剖をしていたのだよ、若い頃。

か・い・ぼ・う、ですか！　なんだか怖いな。腑分けですよね、要するに。何のため？

病気の源を探索するのだよ、メスとハサミとピンセットでね。

おー怖い。

そしてね、解剖する自分自身が、常に自分に解剖されていたのだよ。

どういうこと?

解剖をしながら、自分が自分を見つめている・・・

よく分かりません。

解剖という作業から「解剖」を【払え】ば、自分の精神がそこに残ります。私は残った自分の精神と直面せざるを得ない。精神は解剖されて、そして・・・

3．ラボ

大学卒業直後、奇妙な迷路の行く先に、「放射線生物学教室」がありました。面白そうな世界なので、私はその扉を叩いてみたのです。そうしたら、不愛想な中年の講師が、不機嫌に私を迎え、嫌々ながら「細胞培養」という研究手段を教えてくれたのです。バラバラになった細胞たちを育むのだよ。

細胞君たちは、バラバラになっても生きてゆくのですね。

ところで、放射線生物学教室のボスは厳しかった。なにしろ何も言わないのだ。すべてが自己責任なのだよ。ある時そのボスは、私が苦労して書き上げた英文論文の草稿を

一瞥すると、

「こんなものは論文とは呼べません」、
そう言って論文草稿を、ポイっとゴミ箱に投げ捨てました。ただし、丸一年かけた私の実験研究の成果を、ボスは評価はしてくれたらしい。

「実験ノートをこちらに寄こしなさい。私が書いてあげます。但し今回だけですよ。次からはご自分でお書きなさい」、彼は冷たく言い放ちました。

とてもシンプルだった私の実験結果は、ボスの手によって複雑・難解な論文に仕立て上げられたから、私は、私の名を冠する（筆頭著者）その論文の内容を未だ理解出来ていないのです。そして悩ましいことに、共同研究者として、この研究となんの関係もないある人物・某が論文内に割り込んでいたではないか。狡猾な某。今現在はどこかの大学で教授をしていると聞きます、どうでもいいことだけれどね。某は盛んに私の研究を誹謗していたのだけれど・・・(苦笑)

4. 愚か者の群れ

ほんとに嫌な奴が多かったね。屈辱を胸奥に包埋して、私は研究に励みました。ボスは無能、サブ・ボスは異常な出世主義者、先輩はナルシストにして受容体欠落人間。

あいちゃんは、大学の上の学校って知っているかい。

知りません、そんな難しいこと。

大学院って言ってね。おじちゃんは大学を卒業したあと、大学院に入園しました。動物園のようなところだったな。大都会の中央の駅前に聳え立つ、老朽化した薄汚い学び舎。この大学の大学院で、おじちゃんは【病理学】、なるものを学んだよ。そして病理解剖の行く先に、先に述べた精神解剖の世界が待っていました。

自分を見つめている、と、その時は信じて疑わなかったけれど、今になって考えてみると・・・

寄り道はよくある事よ、おじちゃん。

無能と出世主義者とナルシストに囲まれた異様な世界だったから、自己を埋没させないことがとても重要だった・・・

要するに、人間関係の泥沼で溺れかっかていたわけね。ところで、どうしてそんな嫌な大学院で学んだの？

それには色々とわけがあって・・・、そのころのおじちゃんの奥さん、父親が偉い人でね、C県にある、国立放射線研究所の所長をしておりました。奥さんはその一人娘、友達の紹介で出会ったのだよ。そこから先は、まあ、若気の至り・出来心、私は奥さんの父親に呼びつけられたね、忘れもしない、放射線研究所の乱雑な所長室。奥さんの父親は、とっても厳しい目をして、こう私に言ったのだ。

「K君、君、うちの娘と結婚してくれるのだろうね？」

私はその時、まだ若かったのだね。いろんな想念が脳髄の中渦巻きましたよ。一瞬の静寂の後、私は「是」、と答えてしまったのだ。ガールフレンドよさようなら。これからは、こいつの娘と生きてゆく。そう決めた直後、奥さんの父親は、私の進学を自分勝手に決めていました。あの動物園のようなＴＩＳ大学大学院へ。無能なハルヒ教授の主宰する病理学教室へ。ハルヒ教授は、教授室に立て籠もり、頑固に昼寝に没入している。無意味な夢の世界で安逸を求めている。ハルヒ教授は学問が嫌いだったから、弟子たちの研究を理解できないし、理解しようとしない。コマツバラ助教授は、「教授病」患者であって、往年の学園紛争での闘士であり、日本国の軍事化を声高に批判していたのにもかかわらず、後年「軍国医科大学」教授となって涼しい顔をしている。

「コマツバラよ、恥を知れ！」

往年の老元教授、紛争時、コマツバラ一派に教授室に監禁されて、そこで放尿を強いられたという伝説の老元教授はこのように叫んだと聞く。そして異常にも強大なナルシスト、院生じゅんの・かん、が登場して、そうでなくとも混迷した教室を更に混迷させます。自己増殖を繰り返して肥大する彼の自己愛はもちろん彼自身には自覚されない。病棟の廊下をお洒落な白衣姿で闊歩する彼の後姿は逆説的に美しい。

そんな大学院・動物園でよく我慢できたね、と、あいちゃん。

「孤」として生きる術を学んだからかな、と、私。

5. 語りかけることについて

動物園をなんとか修了した私は、大きな希望を胸に抱いて、「癌の研究所」へと歩みを進めました。レトロな伝説の研究所。この癌の研究所で、私は二人の老人（A・B）に出会いました。鮮明に覚えています、この二人の老人のコントラストを。ここから【語りかけの重さ】について語りましょう。老人A（研究所の所長だったよ）は、初対面のある朝突然私に向かって、「君は、そういうところから、直してゆかなくてはいけない」って言い放ったね。
直すも何も、何をどう直せと言うのか・・・
それって、なにかふくみがあったのじゃありませんか?、おじちゃん。

ははは、私はその時、政略結婚していたからね。複雑に人間関係が絡み合っているのだよ、どんな世界でも。

お医者さんの世界でもそうなの？

もちろん。

ひえー、病院へ行くの怖いよ。

反対に老人Ｂはね、ある時突然私の研究成果を高く評価してくれました。叩き上げの研究者で、超一流の研究者Ｂ。とても厳しくて、他人を褒めるような人じゃないのに。「おもしろい、君の研究は実におもしろい」ってね。

あいちゃんにも、もうおじちゃんの言いたいことが分ったろう。

はい、分かります。【語りかけ】には重さがあるって・・・

６．病棟の孤独

首都中央にそびえ立つ白亜の大病院は、骸骨のような抜け殻だった、少なくとも私にとっては。同じ部署に会話がない。コミュニケーションがない。孤独に蝕まれて頭脳が活動しないのだ。心の底から脱出を願う。その願う先に、地方大学の医学部があった。

7．研究室の孤独

地方大学の医学部に転出しても、孤独は私を捉えて離さない。「自転車」を「けった」と呼ぶ街で、路面電車に揺られ、私はものを考えなくなった。思考停止。しかし着地した地点は幸いにも、にぎやかな病棟だった。私は蘇生したのだ。

8．にぎやかな病棟

陽気でにぎやかなデパートメント。公立のがん研究施設。フーテンのようにも見えるチーフ（部長）は、一見のんびりと生きている。部下たちは皆にぎやかだ。束縛がないのだ。研究したければ、ご自由に。したくなければそれですむ。そんなデパートメントに潜り込むことに、私は成功したのだ。A氏は息子たちの進学が心配で、心ここにない。B氏は女性問題に熱心に取り組むことでエナジーを使い果たす。

・・・・・

私は私の道を辿って行った。ところがある朝、部長室の明かりが暗いことに皆が気づく。いつもの朝とは異なる雰囲気。チーフは急性心筋梗塞のため死去されていたのでした。満員電車の中でくず折れたということです。やがて新任チーフ「どやさん」が不満顔で、我らの前に現れました。彼の幼稚で拙劣な独裁が始まったのです。

9．ジャズへの目覚め——放逐

私は、研究者として、新任の上司（どやさん）より優れていたのです。どやさんの言うことに対して、嘲笑を含む無視・無視・無視。やがて世間一般の常識どおり、私は公立Ｓ研究所から放逐されました。放逐の結果、解放された私を待っていたのはジャズの世界。ジャズ！

10．放浪

いろいろな職場を転々とした私の魂は、沈黙の叫び声をあげていました。病理医として生きてきた私には、臨床医としての実力がないのです。職場の同僚、特にナースたちはその事実を素早く・鋭く見抜いてしまいます。結果、私とナースたちの間には固い壁ができ、息が詰まるような毎日が私を待っています。越えられない壁と分かっていても、壁を越えて手を差し伸べることもありますが、その手は冷たく払いのけられます。

なんで病理学の世界に戻らなかったのかって。

実は、私、病理学会の大ボスとケンカをしたのです。

きっかけは、プロフェッサーM（いわゆる大ボス）が、無神経・軽薄に、私の不自由な左足とその歩行を愚弄したことです。

「君は二階へ上がるのに、エレヴェーターを使うのですか」

「それでは私もご一緒しましょう、ふふふ」
・・・・・・
標的はプロフェッサーM！

首都の巨大ホテルの大会場で、私はプロフェッサーMの珍奇な仮説をこき下ろしたのです。周囲に異様な沈黙をのこして、私は会場を後にしました。あえてリズミカルな跛行でもって。

奥さんはどうなったの？

あいちゃんとしては、それが一番気になります。どんな女の人だったのだろう。今、どうしているのだろう。

答えてよ、おじちゃん。

おじちゃんはね、奥さんとは離別したのだよ。

りべつ?

今、我々二人は別々に生きている。

一人きりで寂しくないの?

寂しくなんかないよ、あいちゃんもそばにいるしね。

あい（赤面）

11. 漂着

「こんな人生を送ってきて、今ここに私・おじちゃんがいるのだよ。貧相な田舎町だけれど・・・」

「さて、おじちゃんのこれまでの、人生・生き様の簡単なお話は、これでお終いです。そして最後に、恋人・あいちゃんに出会いました。お話するの、楽しかったよ」

私は、あいちゃんが握りしめる、玩具のようなそろばんに目をやりました。小さな手のひらの汗にまみれ、濡れたおもちゃのそろばん。「正しく玉をはじきましたか、あいちゃん？　おじちゃんの、これまでの人生・生き様を演算してくれましたか」

あいちゃんは呆然と立ちすくみ、一瞬後にこう答えたのです。

「計算するの、忘れていました・・・！」「ごめんね、でももう、おやつの時間です」「それでは、さようなら、おじちゃん」

なむあみだぶつ

第二篇　豚と星たち

1．貧相な街での迷走

放尿の悦楽・・
下腹部の、耐えられぬ、崩壊一歩手前の緊満感。
そこからの解放・・・、放尿！
悦楽を伴う放尿。
浴槽内での放尿は、より豊かな悦楽を伴う。
試してみるといい。

私は破門され、放逐された。破門にまつわる事情についてはすでに語られたし、後にまた語られるだろう。ともかく放逐の果て、私は西の島国に流れ着いたのだ。小さな街、貧相な街、そして小さな繁華街。自称・繁華街は寂れ、悲しい。定住所は「コーポ黒猫」に定めた。最寄りの駅から徒歩30分、鉄筋コンクリート三階建ての堂々たるコーポだった。私の部屋は一階にあり、狭い窓から西日を拝むことができた。隣の部屋は「タイ式マッサージ」、その隣は新聞販売店。とても良い環境だった。部屋を出て5分歩くと繁華街にたどり着く。私は適当に居酒屋を探し求めていたのだが、行き着いた店は繁華街を象徴するように屹立していた。

「めとろぽりす」

暖簾はためく貧相な居酒屋。私は躊躇わずその玄関を潜り、ウイスキーを所望した。喉を焼くウイスキーを所望したのだ。そういえば、その店には「美人のお姉さんたち、いるよ」、とタイ式【マ】のおばさんが言っていたが・・・。ともかく、私は、ストレートの角瓶を舐めながら、店の娘たちに問い尋ねた。この街に図書館はあるのか、と。どの方角へ向かえばよいのか？

しばらく飲んだのち、めとろぽりすを出た私は図書館へと向かうことにした。私は図書館が好きだ。あのかび臭い静寂。うたた寝にふさわしい真摯な静寂。私はその時睡魔に襲われていたのだった。道すがら、軽い空腹を覚えた私は、定食屋を探してみた。定食屋は街の片隅に埋もれることによって、逆説的にその存在を際立たせていた。みすぼらしくて、貧相で、薄汚れた定食屋。この街では何もかもが貧相だった。

貧相な、小さな街に、貧相な私が一人佇んでいたのだ。定食屋の屋号は「れすとらん・某」と読めた。某の玄関をくぐると、カウンター席が四つのみ。

店主の姿は見当たらないし、客はカウンターの上に寝そべる猫一匹。壁に掲げられたメニュー表には、

●生姜焼き定食　３００円
●カレーライス　２５０円
●モーニングサービス　納豆キムチ定食　１００円

とだけ書かれていた。その筆致まで貧相で投げやりだった。朝ではなかったけれど、私は「納豆キムチ定食」を注文することに決めた。すみません・・・、と、店の奥に呼びかけると、くわえタバコに薄汚い割烹着の店主が、カウンターの向こうに姿を現す。


「へい、いらっしゃい」

「お客さん、はじめてだね」

「よくこんな店へきたね」

「誰かの紹介？」

「紹介するバカ、いないのだけどね」

空腹の私は、たまらず店主に尋ねた。

「納豆キムチ定食は、夜でも食べられるのかい？」

「へい、お望みならば、昼でも夜でも、はい」

熱い米飯に納豆をまぶす。納豆ご飯と一緒に韓国キムチを齧り咀嚼する。燃える口腔を、やかんに満たされた味薄いお茶で濯ぐ。これからの朝食は、この納豆キムチ定食にしようと心に刻印しておく。

狭い道をよろよろと歩いていると、可愛い女の子に出会った。黄色い帽子に幼稚園の制服。胸の名札には、ただ、「あいちゃん」と書いてある。私の記憶は一瞬フラッシュ・バックする。あいちゃんは、私に向かって優しく手を振ってから、問いかけてくる。

「おじちゃん、どこへ行くの？」

「図書館」

「あいも、図書館大好き、一緒にいこうよ！」

コーポの自室は殺風景で暗く侘しかった。私は部屋の壁に、ピカソ「ネコとヒヨコ」を飾ってみていた。黒猫の目線の先で、そっぽを向く意地悪なヒヨコ。何の暗喩であろうか、と、一瞬考えてから私は思考を停止させた。ピカソは天才だ。私も天才なのだが、ピカソとは異なった方向へベクトルを放射しているからだ。ピカソと私の間での相互理解は不可能であろう。

「あいちゃん、猫が好きかい？」

「うん、大好き！」

この街にたどり着いたころ、私の手持ちの現金は尽きかけていたし預金残高は限りなくゼロに近づいていた。安定した収入を得るためには、定職に就かねばならない、と当然考える。そこで、街の中央にある「猫羽病院」に目をつけた。適当で好い加減な履歴書を持参して病院を訪れたのだが、面接は省略されたまま、私はその病院の常勤医師として採用されたのである。不思議な病院であった、いや適当で好い加減な病院であった。

このあたりで私は再度しつこくとも、私の破門・放逐の過程を振り返って見る。要するに、私は私の上司よりも、研究者として優秀だったのだ。突き詰めるとそれだけのことに過ぎない。でも、男の嫉妬って怖いよ。それに組織というものは、必ず、職位・上位の者を大切するようだ。分かってもらえただろうか？　出る杭はうたれるって言いますよね。長いものには巻かれろって、よく言うよね。短いものには巻かれるな、という意味です。この職場を辞めてくれないか、との言葉に、嫌ですと応えるほど私はタフじゃなかった。どうせ辞めるなら、凛々しく辞めていきたいという倒錯したヒロイズムの果てに、小さな街・コーポ黒猫・めとろぽりす・定食屋某・猫羽病院が待っていたのです。

居酒屋「めとろぽりす」の娘たちは、とても私の気に入りました。彼女らは自己愛の塊であって、それぞれが自分を美しいと信じ込んで疑わない。それを見た私は「普遍」という事実に行き当たりました。めとろぽりすの娘たちに特異な「自己愛」と思われたものは、女性人間界全般にあまねく認められるもの、少なくともこの街に充満し、ひ弱な男どもを圧迫するものだということを悟ったのです。

以上のような夢を見ながら私は昼寝をしていました。

2. 間奏曲

猫羽病院は古くからの伝統を持つ、田舎の名門病院を自認していました。確かに、田畑拡がるこの田舎町には、この程度の病院がふさわしい、と街の住人も考えていたようです。しかし、少子高齢化は徐々に街を蝕んでゆきます。激戦となった町長選で、前助役は老人医療の必要性を声高に連呼し、念願だった町長の椅子を手に入れたました。すると老人、老人、老人、と、老人を求めてグループ病院「犬猿」が動き出しました。大病院「犬猿」がこの街に目を付けたということです。田んぼのど真ん中に「犬猿総合病院」を打ち立てようとのプロジェクトをスタートさせました。猫羽病院の待合室には粗末なベンチが並ぶだけ。受付嬢は態度がでかいし、看護婦連中は荒っぽい。もちろん医者は昼寝の常習者ばかりがそろっている。それに比べて犬猿は、あくまでソフトでクリーンなイメージを保ちながら、老人たちを引き寄せる。このままでは、犬猿グループに併合される！

三流病院に成り下がる！　追い詰められた猫羽院長は事務長と画策をはじめました。

「犬猿相手では勝ち目はありません」、と事務長。

「病院の規模をもっと大きくするのだ」、と院長。

「どうやって？」

院長の目がキラリと光る。

「まずはヒヨコ診療所を占拠する」

「それから？」

「それはその時考える」

（いつものように無責任な奴だ）

かくしてヒヨコ診療所の占拠が、猫羽病院の戦略第一歩となった。そんな戦争開始の時期に、私は猫羽病院の常勤医に採用されました。のどかでだらしない病院。ナース軍団は、時間外勤務手当を胸に、「心の攻撃」を開始する。しかし、ヒヨコ診療所も負けてはいない。「魂の攻撃」で反撃する。

「いつまで戦争ごっこしているのよ?」、と総婦長・・・。

ところで、戦争の帰趨を、私は知りません。あくまでも古ぼけて貧相な病院。医局会の新任あいさつには誰も訪れず、病棟に迷入すると叱られる。光り輝くのは職員食堂！粗末なテーブルが食欲をそそりました。


長いものには巻かれずに、短いものとして生きてゆく。放逐の、追放の果ては、この貧相な田舎町で生きてゆくことでした。

3. 豚と星たち

「うんち、かたくないよ」

「下痢ですか?」

「そこまではいかないな、軟便ですね」

「ポロセニド、減らさないといかんね」
・・・
「君はルシアの味方なのかい？」

「いいえ違います、私は戦争反対！」
・・・
「あんた、デフォルトよ」

「何それ？」

「よくは分からぬが・・・、まあ格付けが下がるってことね」

病棟の一角で、英語版プレイボーイを舐めるように耽読する私の背後で、今日もにぎかな君たち、ナースたち、ご苦労様です。

金髪のグラマラスな美女と友達になって、どこが悪い？

「せんせいから、あの本取り上げようよ」

「賛成」

「了解」

「せんせい、いい加減に処方箋書いてください」

「やだ」

「なんで?」

「疲れているから、ボク」

「そうして一日中座り込んでいて、どこが疲れるのですか?」

「頭が疲れるよ、はは」

「バカは放っておきなさい」

「でも婦長・・」

「この病棟の恥ですね」

「君、今、ヒマ」

「私は忙しいです」、「何か?」

「いやね、ちょっと、コピーを頼もうかと思って」

「そのいやらしい本・・?」、「嫌ですよ、自分のことは自分でおやりください」

「いいや、これではなくて・・」

私はステーションの引き出しを開けて、分厚い雑誌を取り出す。

「季刊文科・81号の88ページから101ページまで」

「何が書いてあるのですか？」

「痛烈なＭＨ批判論文、ふふふ、面白いよ」

「そのＭＨってだれ？」

「作家ですよ、ノーベル文学賞候補の」

「ノーベル賞！」、「偉い人なのですね」

「偉くはないよ、ふふふ」

「せんせいよりは偉いでしょう？」

「見解の相違だね、それは」

「それで、その論文をコピーして、どうするのですか？」

「これから友達に送ります」、「彼女もボクもアンチ・ＭＨでしてね」

「どうでもいいけど、その論文何を言っているの？」

「ＭＫの作品は物語であって、文学ではない、とね」

「そんな難しいこと考えているから、奥さんに逃げられるのよ、せんせい」

「否、ボクが逃げ出したのです」

「どうでもいいけど、少しは患者さんを診てください」

「見ているよ、いつも」

「漢字が違います、【診】てください」
「困ったネズミは眼でわかる、といってね」、「眼で見ていますボクは」

＊

私は精神病棟に勤務する医師である。自らの精神に変調を感じつつ、それを押し隠し、病棟で患者たちと接触する。患者と精神的に接触する時にはまず【傾聴】が必要である。その過程で患者の精神が【了解不能】となったとき、はじめて精神疾患の診断が下される・・・とテキストには書いてあるが。精神診断はそのような形式的なものではない、と私は考える。もっと直感的ななにか。

便秘の患者に投与した下剤がやや効きすぎたようだ。刺激性下剤の分量をもっとへらしなさい。

海外では無謀・無益な戦争が始まっている。ルシア帝国が、隣国エクライナに軍事侵攻したのだ。ルシアの大統領プチンは戦争犯罪人に成り下がり、帝国は債務超過・デフォルトという状態に陥っているそうだ。人々は「平和を！」と叫んでいる。

私は分厚い原書のテキストをひろげ、静かに耽読する。あくまでもアカデミズムの世界。興味深いページには付箋をつけ、ナースの一人にコピーを依頼する。ナースはおとなしく指示にしたがう。とても興味深い記載があったのだ。しかしナースはその内容を私に尋ねたりはしない。少し不機嫌な午前だった。こんな時、元配偶者の残像が脳裏をよぎることもある。私は解放されたのだ、と、繰り返し自分に言い聞かせる。

ああ、診察の時間だ。私は立ち上がりステーションの中の診察室へ向かう。【傾聴】と【了解】のための診察の時間だ。先達がのべたような「生命活動の意味連続性の断裂」に巡り合うだろうか?、時間性の停滞は認められるだろうか?

＊

「何考えているの、せんせい?」

「純文学について、色々と考察しております」

「はあ?」

「君たちの生きざまを、純文学に昇華させたいのですよ」

「私、昨日から腰が痛いの」、「医者に見せなけりゃ駄目みたい」

「うちの先生じゃ無理だから、院長先生に診てもらったら？」

「プレーボーイ読んでるあいつも一応医者ではあるが、しかし・・・」

彼女らは私の医術の正統性を疑っているのだ。しかし医術に正統・異端の区別はあるのか？　みんな勝手なことやっているではないか。何がゴールデン・スタンダードだ。

私は私の道を行く。

「ふふふ、腰の使いすぎだろ・・」、「疲れたろ」

「そういう表現は倫理規定に抵触しますよ、ねえ婦長」

「そうそう、せんせいの頭にオロナイン軟膏でも塗っときなさい」

「赤い糸って知っている?、君」

「腰の使い過ぎへと向かう、人類普遍の地平、ですね」


そのとき、午前十一時三十分を告げるチャイムが、病棟内に鳴り響く。

「第一班、職員食堂へ！」、「第二班は病棟にて1時間待機すること！」

ああ、職員食堂の昼ご飯は美味しい。

「せんせい、一人暮らしだろ、奥さんに逃げられて」、「自炊しているの？」

「・・・・」

「昨日の夕飯、何食べた？」

「吉野家の牛丼」

「その前は？」

「吉野家の豚丼」

「あとは親子丼と牛焼肉丼でしょ、せんせい？」

「・・・・」

「全部レトルトだな」

「はい」

「そういうのは自炊とは呼ばぬ、さあみんな、職員食堂へ！」

＊

私は豚のようにおとなしく優しい。

それを取り巻く、にぎやかな星たち、ナースたち。

私はうそつきです。こんなのどかな病棟なんて、ありませんでした。

第三篇　ある教授

1.

「教授さ、定年退官後の趣味をやっと見つけたらしいよ」

「それって、水墨画じゃやなかったのか?」

「あれには、センスが必要だから諦めたらしいよ」

「それじゃ、一体何?」

「漢詩なのだと、漢詩なのだって・・、ほら、五言絶句とかいうやつだよ」「それでもって、ペンネームは【羅堂】なんだと」

「それは明らかに、“rad”(放射線線量の単位)のもじりだよな」

「全く未練がましいよな、ラドか・・」

春の夕暮れ、薄赤い陽が差し込むかび臭い研究室の片隅での会話。

【放射線生物学教室】の看板が生温い微風に揺れていた。

2.

僕はボールの研究をしていたのだ。ある教授の主宰する、放射線生物学教室にこっそりと潜り込んで、日夜実験研究に励んでいたのだった。
ボールは円い塊である。癌細胞を同心円状に集合させると、ボールになる。ボールの造り方を考案したのは米国のユハス博士だが、僕はその手法を用いて、未知の分野へと踏み出そうとしていたのだ、そう、クリチカル細胞数の決定である。専門的になるので、これ以上は述べないこととする。

3.

【羅堂詩集】より。

多無駄若者
球状体願成
疑彼女結合

不知我未来

［著者］桑島 良夫

広島大学医学部卒
東京医科歯科大学大学院医学研究科修了、医学博士
岐阜大学医学部助教授、埼玉県立がんセンター医長、羽生総合病院病理部長、等を経て、現、医療法人近藤会清和病院医師

【受賞歴】
第75回コスモス文学新人賞（中編小説部門）「いかに私を殺すか」
第20回コスモス文学賞奨励賞（長編小説部門）「R家」
第78回コスモス文学新人賞（長編小説部門）「３ 1/ ２」（「惑星」と改題）
第1回執筆応援コンテスト優秀アイデア賞 「美しく優しい孤独」

【著作】
「さよならヴァイラスR家」
「惑星」
「宇宙における孤独な純情」その他

天使と爆弾

発行日　2024年3月3日　第1刷発行

著者　桑島 良夫

発行者　田辺修三
発行所　東洋出版株式会社
〒112-0014　東京都文京区関口1-23-6
電話　03-5261-1004（代）
振替　00110-2-175030
http://www.toyo-shuppan.com/

印刷・製本　日本ハイコム株式会社

ISBN 978-4-8096-8697-9
定価はカバーに表示してあります

ISO14001 取得工場で印刷しました